10년이라는 세월

10년이라는 세월

발행일	2020년 8월 21일

지은이	김경환		
펴낸이	손형국		
펴낸곳	(주)북랩		
편집인	선일영	편집	윤성아, 최승헌, 최예은, 이예지, 최예원
디자인	이현수, 김민하, 한수희, 김윤주, 허지혜	제작	박기성, 황동현, 구성우, 권태련
마케팅	김회란, 박진관, 장은별		
출판등록	2004. 12. 1(제2012-000051호)		
주소	서울특별시 금천구 가산디지털 1로 168, 우림라이온스밸리 B동 B113~114호, C동 B101호		
홈페이지	www.book.co.kr		
전화번호	(02)2026-5777	팩스	(02)2026-5747

ISBN	979-11-6539-360-1 03810 (종이책)	979-11-6539-361-8 05810 (전자책)	

이 도서의 국립중앙도서관 출판예정도서목록(CIP)은 서지정보유통지원시스템 홈페이지(http://seoji.nl.go.kr)와 국가자료공동목록시스템(http://www.nl.go.kr/kolisnet)에서 이용하실 수 있습니다.
(CIP제어번호: CIP2020034089)

※ 본 시집은 (재)전북문화관광재단 전라북도 예술인 재난 극복 지원 사업에 선정되어 보조금을 지원받아 간행되었습니다.

1집 『사랑이 뭐길래』 시집
출간 10주년 기념 작품
6집 시집

10년이라는 세월

김경환 시집

북랩 book Lab

부안군수

안녕하십니까?

먼저 부안 출신 서성(西星) 김경환 시인의 여섯 번째 시집 출간을 진심으로 축하드립니다.

아울러 첫 시집 출간 10주년을 맞이한 것에 대해 진심으로 축하드리고 시인의 무한한 창작활동에 경의를 표합니다.

시인은 어린 나이에도 불구하고 불꽃 같은 열정을 바탕으로 한 방대한 창작활동으로 주목받고 있습니다.

시인의 다양한 시는 '사랑'이라는 단어의 함축적 의미를 재해석해 자신만의 색채로 녹여내고 있습니다.

시인의 시 속에 등장하는 '사랑'의 대상은 때로는 어머니, 때로는 연인, 때로는 우리 사회가 되기도 합니다.

어머니의 한없는 사랑도, 연인 간의 애틋한 사랑도, 우리 사회의 폭넓은 사랑도 시인의 시에서는 다양한 의미로 해석되어 우리가 느낄 수 있도록 하고 있습니다.

시인은 우리 주변의 다양한 소재들을 '사랑'으로 표현하고 있습니다.

시인의 시 〈백만 원으로 시작된 사랑〉, 〈사랑은! 저 들판처럼〉, 〈잊지 못할 우리만의 사랑〉 등은 우리가 사랑을 어떻게 해야 하는지 근본적인 물음을 던집니다.

또 〈상갓집에 가는 날〉에서는 가족의 죽음을 마주한 시인이 그 슬픔마저도 '사랑'으로 승화시켜 더욱 애절한 감정을 자아내고 있습니다.

〈나의 이상형〉, 〈내 친구의 생일〉, 〈휴가철〉이라는 시에서는 천진난만한 시인의 순수한 동심이 묻어나기도 합니다.

다양한 소재를 '사랑'이라는 함축적 의미로 담아낸 시인의 오롯한 감정들이 우리에게 큰 감동을 주고 있습니다.

그래서 시인의 시는 우리에게 힘이 되고 위안을 주며 삶의 용기를 주고 아픔을 치유해 주는 소중한 존재입니다.

시인이야말로 이 세상에서 가장 '사랑'받아야 하는 이유가 여기에 있기도 합니다.

우리 부안에는 한국 현대시 문학사의 최고봉인 신석정 선생이 있습니다.

시인 역시 신석정 선생의 뒤를 이어 한국 현대시단의 거목으로 성장하기를 진심으로 기원합니다.

마지막은 시인의 시 한 구절로 마칩니다.

당신! 나를 받아주소서. 떳떳한 당신의 인생 제자로 살고 싶어라. 난 당신을 지금도 사랑합니다…. 진심이시구려.

－ 시집 『우리 사랑은 변하지 않을 거야』 중
시 〈나의 은사는 당신입니다〉 마지막 구절

감사합니다.

2020년 8월
부안군수 권익현

머리말

저는 저에게 항상 감사하면서 살아가고 있습니다.

그 이유 중 하나인 1집『사랑이 뭐길래』라는 시집을 출간한 지 어느덧 10주년이 되었습니다. 그리하여 이번 6집 시집은 10주년 기념으로『10년이라는 세월』이라는 책을 쓰게 되었습니다.

10년이라는 세월은 어찌 생각하면 길게도 느껴지지만, 몸으로 보내면 10년이라는 세월은 금방 간다는 느낌을 받기도 합니다. 이런 심리로 사람은 이 세상을 살아가기 마련입니다. 그러다 보니 "어느새 이렇게 세월이 흘렀구나." 항상 이런 말을 입에 달고 사는 우리입니다.

하지만 우리네 인생은 10년 이후에도 계속 이어지기 마련입니다.

10년이라는 세월 동안 일을 한다는 것은 이런 의미입니다. 그 세월 동안 도전하고 실패하고 또 다른 것에 도전하고 또 실패하며 좌절과 포기를 다 겪으면서 그렇게 경력을 쌓고 또 쌓으면 남들이 인정해 주는 것이 10년이라는 경력입니다. 그렇게 세월을 보내고 나중에는 "이 일을 몇 년 하셨나요?"라는 질문을 받으면 대부분 10년 이상 되었다고 답변하는 것이 대한민국의 사람들입니다.

시작하는 시기에는 겨우 1년을 넘기기 어렵지만, 세월을 보내다 어느덧 10년이라는 경력이 쌓이면 그 오랜 세월 동안 한 가지를 꾸준히 해냈다는 그런 만족함을 만끽할 수 있습니다.

또한, 10년 세월을 보내면서 그렇게 한 가지에만 집중하고 버틸 수 있는 요인은 남들의 관심, 사랑, 나의 욕구 때문입니다.

> "나는 애정을 받을 엄청난 욕구와 그것을 베풀 엄청난 욕구를 타고났다."
>
> - 오드리 헵번

『사랑이 뭐길래』
소개 및 창작 과정

1집 『사랑이 뭐길래』라는 시집은 우울증을 안고 살아가는 사람이 대한민국이 날 버렸다는 심정으로 만든 시집이기도 합니다. 그래서 제가 쓴 책이지만, 잘 보지 않았습니다. 그 뒤로 10년이라는 세월이 지났습니다. 10년 사이에 좋은 일이 있기도 해서 2집 시집부터 지금까지 책을 출간했습니다. 2013년경에는 2집 『절대로 포기 못하는 나의 사랑』 시집을 출간하였고 2014년경에는 『잊을 수 없는 사람 존경스런 사람』이라는 시집을 출간하였으며 이후 3집 시집 안에 있는 3편을 골라 계간 『한국미소문학』 여름호에 공모하여 문단에 등단하게 되었습니다. 또한 2015년도에는 동시 2권으로 『우리 사랑은 변하지 않을 거야』라는 시집과 『나에겐 오직 당신뿐』이라는 시집을 출간했습니다.

2018년 5월 5일은 첫 시집을 출간한 지 10년이 되는 날이었습니다.

저는 학창 시절에 또래 친구들과 잘 어울리지 못해서 인지 우울증을 앓고 지냈습니다. 제 가슴 속에는 늘 꽉 막힌 느낌이 있었고 그 우울증을 해결하고자 하나정신 의학과에서 우울증약을 처방받아서 먹었지만, 그 약은 저녁에 먹으면 초저녁에 졸려서 활동을 제대로 하지 못 한다는 단점이 있었습니다.

우울증이 있어서 병역도 공익근무요원으로 근무하게 되었고 보충역으로 복무하게 되었습니다.

또한, 중학교 3학년 여름방학 때는 도서관에서 간만에 시집을 쓰고자 열람실에 앉았다가 너무 졸려서 잠들었 습니다. 제 꿈속에서 200편의 시가 등장하여 그렇게 3일 만에 원고를 마감했습니다. 책의 제목을 고민하다가 당 시 TV에 나오는 최영철 씨의 〈사랑이 뭐길래〉라는 노래 를 듣다가 그 제목을 책의 제목으로 쓰게 되었습니다.

그 후 중학교 3학년이던 해 12월에 자연계 고등학교 입학을 앞두고 오리엔테이션이 있어서 오전 중에 설명만

들고 오후에는 전주로 가서 전주 신아출판사를 이유 없이 찾아갔습니다. 원고를 보여드렸더니 사장님은 보고 연락을 준다고 하셨습니다. 그 후에 실제로 연락이 와서 책을 출판하게 되었고 출간 비용은 절 키워주신다는 의미로 사장님께서 부담해 주셨습니다.

신아출판사를 찾아가게 된 계기는 이러합니다. 원고를 다 쓴 후 저는 조모님께 혹시 출판에 도움을 주실 수 있는지 여쭤보았습니다. 조모님께선 그러려면 돈을 내야 하는데 돈이 없다고 간직만 하라고 하셨습니다. 그러나 저는 사춘기 시절이라서 오기로 조모님 모르게 출판사를 찾아갔습니다. 2008년 5월 5일에 책이 나온 뒤 책을 보여드렸더니 조모님께서는 비용은 어떻게 했냐고 물어보셨습니다.

이렇게 『사랑이 뭐길래』는 저에겐 시인으로서의 첫 발판이었는데 현재 저는 어느덧 기성 시인이 되었고 이제 는 1집 시집을 출간한 지도 어느덧 10

〈사랑이 뭐길래 시집〉

년이 되었습니다. 저에겐 기쁘고 묘한 일입니다. 앞으로
도 초심을 잃지 않고 더욱 열심히 노력하겠습니다. 예쁘
게 봐주셨으면 좋겠습니다. 감사합니다.

2018년 4월
김경환

차 례

1부

2부

3부

1부

10년이라는 세월

사람들은 생활하는 데
하루 시작하며 눈을 뜨면
벌써 1년이 지났다고 신기해한다.

한 가지 일에 집중하다 보면
하루가 어떻게 지나가는지 모른다.
10년이 길게 보이지 않는다.

그래서 사람들은
땀방울 흘리며
포기와 절망의 맛까지 보며
자신과 싸워 이기려고
최선을 다하며 한 해를 버틴다.

사람들이 일을 안 해도
모든 일이 이루어지지는 않는다.
놀면 10년이 더욱 길게 보이고
놀면 하루가 지루해서 못 참고

사람들은 움직이며 살고
꾸준히 땀 흘리며 일해야
이 세상 살아가는 맛을 느끼며
10년이라는 세월이 나도 모르게 간다.

1년이 지나게 되면
10년이라는 세월
아무것도 아니더라.
10년이 넘으면 기분은
말로 표현할 수 없이 묘하구려.

바다

바다에서 일하는 사람
등대 관리하는 사람
항구에서 바다만 보는 사람
기술 없이 돈 벌기 위해서
바닷가에서 관리하는 일
집도 바다 근처에서 살림한다.

저 넓은 바다는
10년이 넘어도 변함없네.
저 넓은 바다 옆의
우리는 10년이 넘으면 늙고
주변 건물도 낡아지고
주변 차들도 폐차장으로 간다.

하지만 바다는 변함없이
늙지도 않고 여전하네.
인간들이 부러워하는 것, 바다

바다처럼 변함없이
10년 동안 살고 싶은 사람
그 욕구는 말도 안 되는 욕심으로
지금도 한 살 나이를 먹는구나.

1년이 무심하지 그런 생각을
벌써 10년이 오면 생각만 하여도
징그럽다 그런 말이 나오게 되는구려.

목회자의 10년

젊은 청춘들의 믿음은 강하다.
교회 다니며 예수님 만나서
시간 날 때 전도하고 기도하고
예수님 만난 뒤로 복음 전하고 싶어라.

그리하여 예수 복음 전하기 위해
목회자라는 길을 선택하는 젊은이
내 입으로 전파하는 목회자 보고
그런 꿈을 꾸는 젊은이의 열망

신학교 4년을 꾸준히 공부하고
성경 공부 영어 공부 무슨 공부라도
대학원 4년도 피눈물 흘리며 배우고
부족하면 어학연수 가서라도 배우고

목회자의 첫 단추는 전도사로
다른 교회에서 담임목사님의 설교
교회 목회하는 요령도 꾸준히 배우고

담임목사님과 같이 전도 생활
항존직들과 같이 전도 생활
그렇게 한 지 몇 년 지난 후
목사 시험 봐서 부목사 안수받고

담임목사님의 빈자리
꾸준히 기도하며 방언 받고
그 자리 나의 입으로 선포하며
어느덧 한 교회의 담임목사님 자리

이 자리까지 모든 고생 다 이겨냈다.
이 영광으로 하나님이 날 인도하셨다.
그런 생각 하며 목회자 10년 세월
후회 없이 보냈다 부족함 있어도

주님과 같이하는 목회자
참 목회자 인내심 대단하시구려.

장사한 지

돈 벌기 위하여
모든 걸 맨 밑에서
쫓기고 도망치면서
이것저것 팔았다.

나도 가족들을 먹이려고
나도 살려고 애를 써봤다.
그렇게 시작한 장사

노상 장사하면서 단속에 걸려
다 뺏기고 빈 몸이 되어도
몇 년 지난 후 다시 시작하며

참 장사는 힘들며 피눈물 흘리며
그 자리를 굳게 지켜 내면서
돈을 내 손에 쥐면 반절 모으고
또 반절은 장사할 준비하는구나.

제대로 나만의 가게 생기고
단골손님도 많아졌으며
벌써 장사한 지 10년의 세월
항상 그 꼬리표가 따라다니네.

포기했으면 그 길을 유지했을까?
내 맘은 항상 그런 생각 하며
오늘도 장사를 준비하는구려.

정치 생활

직장 생활 구하다
우연히 하게 된 정치인의 비서

어렵사리 구한 자리
열심히 해보려고 노력하고
실수하면 의원님에게 욕먹고

의원님을 보좌하면서
의원님의 주변 사람을 보니
의원님 빽으로 무언가를 얻으려고
돈을 건네주려고 하는 사람

의원님들의 활동량이 많아서
나의 휴가도 없다 휴식도 없다.
같이 움직여야 하는 것이라서
내 몸이 두 개라도 모자랄 판이구나.

하지만 지역구 주민들 의견
그 의견 수렴한 걸 보고하고
의원님과 앞날 토론을 같이하며
좋은 경험을 배우고 살고 있다.

그렇게 10년이 지나서인지
내가 그 지역구 의원님
전직 비서 출신으로 선거에 나가며
어렵사리 날 봐주신 유권자분들께 한 표를

자정이 되면서 당선자는 바로 나
속으로는 실컷 울며 10년이라는 세월
의원님 밑에서 일한 경험이 새로운 나
지역구 민심 실망시키지 않겠다고
임기 동안 항상 내 가슴에 새기면서 일하시구려.

운전한 지

배운 게 하나도 없어서
배운 게 달랑 운전수

운전을 아버지와 같이
운전하면서 배우고
그렇게 운전면허 따놓고

버스 운전기사 되기 위하여
기사 옆에서 조수로 따라다니며
구박 듣고 발로 맞으면서
포기 없이 좌절 없이 이겨냈다.

나 스스로 버스 운전기사
버스 가지고 손님 태우며
안전 운행 내 가슴에 새기며
모든 승객들 착한 기사 꼬리표

버스 운전기사 한 지
어느덧 나도 모르게 10년
엊그제는 1년밖에 안 됐던 운전사가
참 세상이 무섭고 겁이 나는구나.

10년이 지나고 나에게 준 특혜
개인택시 운전할 자격이 주어진다.

몸 고생하면서 학대당하면서까지
피눈물 흘리면서 온몸이 멍들어도
좌절 없이 포기 없이 다 이겨내면서까지
내 일 내 운전은 놓지 않은 대가로 이런 보람을

개인택시의 기사들만의 달란트
서비스한 손님께 정성껏 모시고
10년 지난 지금도 계속 운전만 할 것이구려.

결혼 생활

한 여자를 내가 선택했다.
내가 사랑해서 선택한 것

한 남자를 내가 선택했다.
내가 사랑해서 선택한 것

콩깍지 씌어 만난 20대 여자
콩깍지 씌어 만난 20대 남자
배우자로 맞이하고 싶으면 결혼을

결혼한 지 1년 지나면
콩깍지는 반절 벗겨지면서
그래도 서로 생각하면서
신혼부부처럼 결혼 생활 보낸다.

결혼 생활한 지 5년
이젠 본인들의 모습 보이고
내 아내는 여자가 아니라

다른 여자에게 눈이 가고
내 남편은 남자가 아니라
다른 남자에게 눈이 간다.

어느덧 세월이 흘러서
결혼 생활한 지 10년
한 여자는 한 남자만
한 남자는 한 여자만

결혼하기 전 서로가 한 약속
지금까지 지키지 못해서인지
10년이 지금도 서로 사랑하며
그 결혼 생활을 지키고 있구려.

공직자 생활

열심히 공부만 하였다.
심한 경쟁률 뚫기 위해
코피 터지도록 열중하며
공무원 시험만 보고 공부한다.

처음에는 9급 공무원으로
상사 밑에서 구박받으면서
하나하나 더 배우기 위한 몸부림
열심히 남아서까지 근무하며 배웠다.

출장 가서는 주민들에게
상사 대신 욕먹고 멱살 잡히고
공무원 하면 좋은 줄 알았던 꿈
다 깨지면서 현실은 아니다
이땐 후회만 밀려오는 느낌

하지만 공무원 생활을 하면서
주어진 임무를 완수하면서
2년이 지나 한 계급 승진

모범적인 공무원 생활
인정받는 공무원이 되어
어느덧 4년이 지나면 승진시험
6급으로 팀장 자리까지 오게 되며

참 짧은 세월인데 불구하고
팀장까지 가는 공직자 생활
10년이 되자 이제는 또 하나의 짐
5급의 과장급으로 승진하며
큰 보람도 느끼고 걱정도 되는구려.

농사

도시에서 잘 살다가
뜬금없이 농사짓겠다고
도시 생활 다 접어놓고
돈 몇 푼 가지고 시골로 온다.

농사를 하려면 농사 공부
도시에서 조금이라도 해야 하며
땅은 어떤 땅이 좋은지 공부하며
준비가 된 후 시골로 와야 하지만
젊은이는 청춘을 다 농사로 보낸다.

한 필지를 겨우 준비하여
겨우 시작한 농사

어떻게 해야 할지 몰라
발만 동동거리면서
마을 사람 조언 듣고
농사 망쳐 보고 다 했다.

10년이 지나서인지
농사 박사 다 되었네.

눈 감아도 딱 알아채고
비가 오니 묶어 놓든가
가뭄이 말라 있으면 물 주고
정식으로 나 혼자 하는 농사꾼
우여곡절이 많았으나 버티고 이겼구려.

할머니, 할아버지

결혼해서 40년 동안
자식만 보고 살아왔다.
남들에게 뒤지지 않게
허리띠 졸라매고 살아왔다.

나의 청춘을 자식에게 바치고
자식을 수발하면서
대학까지 대학원까지 보냈다.

그래도 자식 위해서
노후 적금도 다 깨고
그 돈으로 결혼까지 시켰네.

또 다른 노후 자금으로
실컷 우리만의 노후

자식이 결혼한 지
1년이 지난 뒤
우리 노후는 없어진다.

자식들의 2세가 태어나
그 아이를 우리가 봐줘야 할 판

나이 먹고도 육아하고 있구나.
우리 나이 먹어도 늙어도
여전히 노동하고 있고
자식들은 우리 맘 몰라주네.
우리는 노후를 아름답게 보내고 싶구려.

어머니의 심정

집안에는 한 명씩
딸 한 명은 키우는 집안

공주님들은 귀하게 키우고
대학교도 공주님들이 우선권
가끔은 우리 어머니 모습을 봅니다.

아버지에게 대하는 것을 보고
어머니가 자기 시간 보내지 않는 것을 보고
그런 모습 본 어린 공주님은 항상 못마땅

하지만 어머니 심정을
어린 공주님이 알려면
한참 멀었다 아직은 몰라야 한다.

사춘기 때는 우리 어머니
골병들어 딸이 학교 갈 시간에
침대에서 일어나지 못하고 누워계시며

20대 때는 아가씨가 되어 돈을 벌면서
어머니께 손 벌리며 돈 타며
말 없는 외박에 어머니 속이 타고 있구나.

이제는 아가씨는 시집가며
또 자신의 아이를 낳아 키워서인지
아이 엄마는 자신의 엄마에게 눈물을 보인다.

10년 지난 후 못난 딸들은
왜! 우리 어머니 심정을
이해하지 못하고 헤아리지 않아서
이제 와서 눈물이 자꾸 나는구려.

해 뜰 날

우리가 어떻게 살아도
10년이 되었든
10년이 되지 않았든
해는 항상 뜨는 날

하루의 해가 저물어 가면
오늘 하루를 어떻게 살았는지
반성하고 후회도 하면서

내일 하루의 해가 떠오르면
새로운 마음으로 출발하기 위함이다.
그전에 후회와 반성을 보강하며
우리는 항상 그렇게 살아간다.

그렇게 살다 보니까
직장 생활하다 보니까
부부 생활하다 보니까
어느덧 눈 깜빡할 사이에
10년이라는 세월이 지나갔고

10년이 다 된 내일부터는 11년이 시작되며
그래도 해는 계속 뜨는 이 시대

10년이 지나도
10년 전이라도
우리 일상은 변하지 않고

하지만 10년 세월 지나면
한숨만 쉬게 된다 그 이유는
우리가 그만큼 나이를 먹었기 때문이다.
매일 반성과 후회하면서
하루 해 뜨는 모습 보며
새로운 나에게 다짐하면서
집 앞에서 출근길에 나서는 우리

해는 뜨고 있지만 변함없는 우리
변화를 줘도 나중에도 표가 나지도 않는구려.

2부

공장

젊은 청춘들은
기술 배우면서
큰 꿈을 가지게 된다.

돈을 많이 벌어서
내가 일하는 공장처럼
내 이름으로 공장 설립

월급을 받을 때마다
내가 쓸 생활비 제외하고
저축하며 노력한 지난 10년

드디어 10년 만에 내 꿈 실현
공장 지을 부지 계약금 선급하고
같이 일할 직원 모집하며 첫 삽 뜨네.

공장 사업도 첫 단추 어떻게든 끼면서
앞으로 10년 보며 나가세 부딪치면서

공장 사장님 소리 들으면서
그동안 밑에서 일하면서
고생한 보람 10년 만에
앞으로도 좋은 일 안 좋은 일
10년 동안 이겨낸 것처럼
또다시 사장으로서 이겨내자.
싸우자 10년 전처럼 꿈꾸며 나가시구려.

여행 가이드

여행 가이드 하고 싶어서
여행 잡지 보면서
계속 공부하고 또 한다.

직접 관광지 여행을
가보고 앞서 여행 가이드
설명하는 걸 노트에 적고
할 건 다 하며 내 꿈을 키웠다.

어렵사리 여행 가이드직
경쟁 뚫고서 입사하여
초심 다잡고 나가세.

상사한테 또 배우고
상사 모시고 연습하며

그렇게 초보 여행 가이드
이제는 경력 쌓여서인지
어느덧 여행 가이드 한 지 10년

어느 여행이든 설명하면서
여행 가이드의 도전
지금도 계속 앞으로 나가시구려.

섬마을

조용한 곳에 이사 가서
가족들끼리 평안하게
배에 몸을 맡기면서
섬마을 사람 되고 싶어라.

섬마을 생활 1년 차
적응되지 않아서인지
마을 사람 만나도 어색하다.

날씨는 비 오거나 강풍 불면
태풍이 오게 되면 배가 뜨지 않는다.

섬마을 적응되지 않아서
배가 뜰 때까지 기다리게 된다.

섬마을 안에서 할 것이 없어서
하루하루가 지루하게 느껴지며
섬마을 그렇게 겨우 10년이라는 세월
이제는 섬마을 사니까 평안함이 가득하다.

10년 동안 섬마을 사람이 되어
적응이 돼서 섬에서 육지로
나가면 왠지 정반대되겠구려.

저축한 지

첫 직장으로 첫 출근
한 달 동안 헤매고 혼나고
꾸준히 쉬는 날 없이 일했다.

기본 급여만 150만 원
첫 월급 통장 보니
너무 기분이 좋구나.

나의 생활비는 60만 원
한 개의 통장에는 청약 20만 원
하나의 통장은 20만 원 적금
또 하나의 통장은 20만 원 연금보험

꼬박꼬박 모아서
저축한 지 10년
생각도 못 한 금액

나중에는 청약 통하여
분양 1순위 받을 자격을
적금 통해 나의 미래 설계
노후 준비 연금보험으로
저축한 지 10년 된 것 좋아라.

저축 통하여 10년의 희망
저축으로 도전 성공 기원하시구려.

약초꾼

약초꾼 하시는 분
처음 시작한 계기
산의 기운 느끼면서
약초 캐며 나의 건강 챙기려고

그런 잡지의 글 보면서
나도 해 보고 싶다고 생각하며
기회가 된다면 약초꾼

산에 올라가기 전에는
도서관에서 약초 관련 책을
꾸준히 보며 내 눈에 새기며

10년 정도 책을 꾸준히 보면서
산에 올라가며 찾아보고
약초꾼들은 계속 공부해야 한다.

누군가 등산객이 지나가다
이 약초와 관련된 것을 물어보면
대답할 줄 알아야 그래야 약초꾼이지.

약초꾼은 꾸준히 산으로 올라가
몸에 좋은 약초 캐기만 하면
큰 복 잡는 보람을 느끼는구려.

집배원

집배원들은 배달하는 사람
집배원들은 희망 주는 사람
집배원들은 경력 쌓인다.

주소와 위성 지도 보면서
처음엔 오토바이 타며 움직인다.

남자들은 군대 제대하면서
딱히 일자리 구하기 힘들고
우체국에서 집배원 구인 보며

옛날 주소 보고
이리저리 배달하면서
이 집 우편함에 넣어주고

10년 후에는
도로명 주소로 변경되어
집배원 머리가 더 아프네.

집배원들은 남에게
누구보다 인정받는 일
10년 동안 고생하는 날

집배원 상사한테
배우고 꾸준히
최선을 다하여
사랑이 담긴 집배원 되시구려.

부모 마음

부모 마음은
아무도 모른다.

아내가 2세 가졌다.
남편은 아빠가 되었다.
아내 배 속에 있는 아이
태어날 아이 위해 태명
예비 아빠는 2배의 일을 한다.

갓난아기가 태어나서
누구 닮았는지 쳐다보고
엄마는 모유 짜기 위해
꾸준히 운동을 열심히 하고
갓난아기의 이름을
아버지는 곰곰이 생각해본다.

어느새 아버지는
직장 일만 열심히
꼬박꼬박 월급 받으며

어느새 내 아이는
10년 되자 딱 10살 되었네.
갓난아기 때가 엊그제인데
참 세월이 어느새 가는구나.

가끔 크는 아이보고
내 아내 그런 이야기
이제야 부모 마음 알게 되더라.

이 아이는 더 미래엔
과거의 어머니처럼
희생하며 살겠구려.

낚싯배 선장

낚싯배 운항하는 선장
그 마을 사는 사람이라도
생계를 유지하기 위해서
가족들을 위해서 나서자.

낚싯배 한 척 구매하여
낚싯배 운항하면서
여기가 물고기가 많은지
배 조타실 관련 공부를 하고

그물 던져 놓고
가보고 실패하고
또 그물 던지고
또 실패하면서

그렇게 운항한 지
운항법도 공부하며
10년이 지난 후에

마을 구경 온 낚시꾼에게
선장님이라는 소리 듣고
왠지 그만큼 고생한 보람
영원히 잊지 못하겠구려.

사춘기

어머니 골칫덩어리
아이 키워도 큰 문제
초등학교 6학년부터
중학교 3학년까지 오는 사춘기

사춘기라 예민한 성격
사춘기라 불만만 가득하고
사춘기 자녀 키우는 부모는
먹여 살리기 위해 고생한다.

사춘기라 공부하지 않는다.
사춘기라 게임만 하는구나.
어머니의 잔소리만 는다.

사춘기는 꿈도 그려보지 못하고
사춘기는 뭐라고 하지도 않는다.

이런 사춘기가 온 지 10년이 지나서
어느덧 성인이 되어서
직장인이 되어 있구나.

참 사춘기 아이는
어머니가 그동안 고생한
그만큼 어머니도 나이 먹었구려.

우리 만난 지

친구들과 만날 때
몇 년이 되었는지
세면서 만나는 사람은 없다.

친구들은 모임에서 만난다.
모교 동창들과의 만남
몇 년이 지나고 보니 성인이 되었네.

우리 만난 지 10년
서로 이런 이야기 하며
과거 이야기를 하면서

친구가 결혼한다면
십년지기라서 축하해주고
친구가 아이 부모가 된다면
격려와 축하해 주더라.

10년이 된 만남
특별히 기념하며
하지만 20년이 되어도
아무렇지 않은 느낌이구려.

세상 살아가면 갈수록

세상 살아가면 살아갈수록
신기한 일이 벌어지고
다 겪으며 하루를 보낸다.

불만 가득 있어도
서로 말다툼하면서
10년 동안 살아왔다.

세상 살아갈 땐
호락호락하지 않고
힘들 땐 누군가에게
손도 벌려 보면서
어떻게든 10년 동안 살았다.

친구들과 어릴 때 만난 우정
지금도 친구들이 먼저 결혼하여도
친구들과 같이 축하해 주면서
친구들이 힘들 때는 조언해 주네.

10년 이후에도 계속 이어질 우정
10년 동안의 우정이 쌓여
단단한 유리처럼 쉽게 깨지지 않는구나.

세상이 나한테 어떻게 해도
친구들과 내가 의지하는 사람은
내 기대와 한 나무 얻은 듯이 피하는 장소다.
이 세상을 버티고 끈질기게 살 것이여.

경제가 어려운 대한민국
10년 전에도 경제가 어려웠는데
버티고 다시 좋아진 현재의 대한민국

이젠 또다시 경제가 침울하다.
그런데도 불구하고 또 버티세.

세상은 그렇게 힘든 세상인데
주저앉지 않고 포기하지 않는다면
또다시 10년 이후의 내 모습을
다시 새롭게 보게 될 것이구려.

아내의 모습

10년 전에 결혼했을 땐
어여쁜 20대 처녀였는데

고생이란 고생은 다 하고
나와 당신 사이에서 낳은 자식
자식만 바라보고 살아온 인생

결혼할 때 스트레스받은 아내에게
사랑합니다 했던 말은 이제는
한 번도 해 본 기억이 없네.

10년 전에는 나와 사는 게
후회되지 않고 그냥 좋다고
말하던 내 아내였는데

이제는 나와 사는 게
후회된다고 말도 없어지고
가정을 위해 열심히 뛰고 있구나.

그런 아내의 모습
10년 전의 내 아내는
과연 나 때문에 자기 모습을 잃어버렸나?

아내와 단둘만 있는 시간
거의 없다 온통 자식들과 있는 시간뿐이다.
아내와 단둘만의 시간이 주어진다면
과연 난 아내에게 뭐라고 할 수 있을까?

항상 고생하는 내 아내 보면서
그래도 나는 아내를 사랑합니다.
다음 생에 만나도 아내와 결혼할래요.

내 머릿속에서는 항상 그렇게 생각하는데
내 몸이 따라주지 않는 것이 현실이니
나도 답답합니다 나한테 시집와서
미안한 맘이 들고 지금이라도
아내 평안하게 해 주기 위해
아내에게 사랑합니다 그 말
해보려고 내 입으로 내뱉으려고 하는구려.

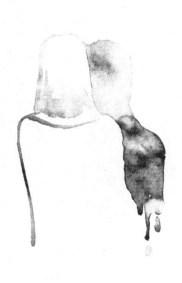

3부

술친구

술친구와의 만남은
보통 시간 나면
술로 통하게 된다.

처음에는 포장마차에서
어색하게 술로 만난 친구
근심 걱정을 들어주다가
술 마시며 한숨 쉬고

우연한 만남으로
친구가 어떻게 되었는지
모르게 술친구 되었구나.

술친구 한 명은
꼭 술 마시면 주사 있는데
주사 심한 사람이 있고
그 주사를 말리는 사람도 있다.

술친구는 오래가지 못한다.
하지만 10년이 되는 기적
술이 사라지는 시대에도
10년 지나면 술친구 되더라.

술친구 저녁마다 불러서
과거 이야기를 하는 것은
하루만 다 잊기 위함이요

술친구는 항상 10년이 지나도
술친구는 없어지지 않는구려.

취미로

여성들 취미로
동호회가 만들어진다.
여성들 취미로
모임 하나 결성되고

남자들 취미로
운동으로 모임이 결성
남자들 취미로
다른 것으로 모임 결성

여성들의 취미 대표
처음 만나서 뜨개질 배우며
뜨개질하면서 처음엔 어색하다가
이런저런 이야기하면서 단합한다.

남성들의 취미
같이 운동하면서
구슬땀 흘리면서
운동 하나 통해 친구 된다.

어느새 시간 지나서
다시 만남 통해서
우연히 친하게 지낸다.

그런 취미 10년
그런 친구 만난 지
10년으로 여전히 취미이구려.

대한민국의 10년

대한민국의 과거를 보면
전쟁 후에 폐허였던 것을
고쳐서 다시 살고 있는 서민

서민들은 60년대에 고생하며
또한 보릿고개를 넘어가며

김영삼 정부 말기의 위기
IMF 터지기 전에는
어떻게든 해결하려고 몸부림쳤다.

김대중 정부 초에는 단합하여
너나 나나 상관없이 금 모으기 운동으로
새로운 대한민국의 걸음마를 했다.

어느덧 10년 지난 대한민국
더욱 아름다운 세상에서 사는 국민
남북 간 발전에 관한 기대도 앞선다.
외교 간 중요한 다리가 만들어준 한국

앞으로 10년 후에는 어떤 시대
어떤 기대가 올 것인지 설렙니다.
대한민국 사는 국민으로서
10년이 되자 우리나라에서
큰 행사를 앞두고 있구려.

운동선수 10년

운동선수들은 땀 흘리며
경쟁 선수들과 기 싸움한다.
어릴 때부터 운동선수 생활

운동선수의 목표는 단 한 가지
큰 대회의 국가대표 되는 것
그것만 보고 열심히 포기하지 않는다.

운동선수의 또 하나의 목표
큰 대회를 통하여 세계의 왕이 되는 것
경쟁하며 이기며 나아가세.

10년이 되자 올림픽 나서고
10년이 되자 세계 선수권
그 꿈 10년이 되어도 유효하고

운동선수는 때마침
그 목표 이를 때는
말없이 눈물 흘리며
그동안 고생의 끝을 본다.

여행도 가지 못하고
좋은 음식 먹지 못하고
먹고 싶은 음식 먹지 못하고
운동선수는 10년 동안 노력한다.

국가대표 되어서 메달 목표
세계 선수권에서 메달 목표
10년 뒤에 또 하나의 목표이구려.

국악인

국악인들은 영재라 부른다.
명창 되기 위한 노력과 땀
피눈물 흘리며 자신과 싸운다.

민요부터 따라 부르면서
창가도 따라 부르면서
국악인들은 목소리에서
피 흘리면서 고생이란 고생은 다 한다.

8시간짜리 판소리를
목이 상하기도 하면서
꾸준히 판소리만 하고
판소리 국악인의 하루는 똑같다.

국악인이 10년 동안
똑같은 하루를 보내며 노력하여
드디어 명창 되었네.
남들에게 인정받으며

명창은 항상 그런 생각을
10년 동안 피눈물 흘리며
그때 과거를 생각하는구나.

국악인 무대에 가면
8시간 판소리 열창하면서
10년 동안 노력한 것을
발휘하는 국악인 되시구려.

연예인

연예인이 되는 것
어릴 때부터 영재에다
오디션 보면서 노력한다.

연예인 되기 위해서
기획사 사장님 통하여
가수는 연습생을 오래 하며
배우는 무명 생활이 꽤 길고
개그맨도 오랜 무명 생활을 겪는다.

연예인 되기 위해서
여성들은 수치심 겪으면서
유명한 연예인 되기 위해
다 참고 연예인으로 활동한다.

연예인 되기 위해서
남성들은 기획사 대표에게
돈을 주면서 유명한 연예인

모든 일 겪으면서까지
연예인 활동만 생각한다.
데뷔한 지 10년이 되자

누구도 따라오지 못할 팬
10년 무명 생활에서 얻은 끈기
10년 연습생으로 지내면서 기른 인내심

연예인이란 참 힘들고
연예인이란 참 고통스럽구려.

교수 자리

교수 자리까지는
관문이 많고
통과해야 할 시험도 많다.

내가 근무하는 직장
대학교에서 전공 관련 과
대학원에서 열심히 공부하며
나만의 시간 동안 공부에 빠진다.

논문 쓰면서 과제도 내고
박사 과정으로 영어 시험을 미국에서
결혼해서도 끝까지 노력한다.

박사 학위 취득해도
내 목은 항상 마르고
그래서 교수직에 도전한다.

또 몇 년 투자해야 교수직
그 전공 관련 과의 교수 자리
그래서 또 시간을 보내는구나.

교수 된 지 어느덧 10년
교수는 항상 공부한다.
10년이라도 또 공부해야
우리 제자들에게 가르치는 일

참 세상은 10년이라도
공부하고 또 도전해야 하는구려.

간호사

제일 힘든 직업
간호사는 힘든 일이며
많은 환자를 관리한다.

간호사가 되려고
꿈을 꾸는 여성들

4년제 대학교든
2년제 대학교든
간호학과에서 꾸준히 공부하고
간호사 시험을 보게 된다.

처음으로 간호사는
병원에 들어오면
간호부장에게 잘못해서
혼나고 의사에게 꾸중 듣고

의사에게 수치심을 겪고
환자에게 수치심을 겪고
환자에게 주사 놓다 아프게 놓아서
간호사에게 욕해도 또 참는다.

그래도 간호사는 참고 버틴다.
그러다 어느새 10년이 넘어가고
간호사는 당할 건 당하면서라도
그 자리에서 계속 도전하며 나아가세.

나중에는 간호부장까지 승진한다.
그래서 아가씨가 성격이 이렇게 변하게 되었구려.

꽃

꽃은 남자도 좋아하고
꽃은 여자도 좋아한다.

아가씨의 20대는 항상 선물과 함께다.
그중에서도 꽃을 주면 항상 좋아한다.

10년이 지난 뒤에는
40대의 아줌마가 되어도 선물로
꽃을 주면 어린아이처럼 좋아한다.

여자는 나이 먹어도 여자
10년이 지나도 변함없는 것은 꽃

꽃은 사람의 마음이요
꽃은 사람의 정성이요
꽃은 누군가의 희망과 사랑이더라.

10년이라는 세월 변함없다.
꽃을 심어도 꽃은 여전히 아름답구나.

사람의 기분을 풀어주는 것은
10년 지나도 꽃이 주는 행복 덕분이다.

즐거운 하루를 10년 전이나
10년 후에 똑같이 보내는 것도 여자다운 모습이구려.

인간은 사람이다

인간은 사람이다.
남자의 곁에 여자가 있다.
여자의 곁에 남자가 있다.

남자는 여자한테 기대며
여자는 남자한테 의지하며
둘만의 사랑이 넘쳐 흘러서
10년이든 20년이든 오래 갈 원동력이 된다.

인간은 사람이기에
나 혼자 살려고 하지 않고
남들에게 베풀면서 이끌어간다.

남자든 여자든 상관없이
인간은 누구나 주변에 소통할 수 있는 사람
한두 사람씩은 있어서 연락할 수 있구나.

내가 울고 싶을 때
막 울게 지켜봐 주는 사람

내가 지치고 포기하고 싶을 때
질책과 아름다운 조언으로
절벽에서 날 구해주는 사람
그런 사람과 같이 사는 것이
인간을 사람으로 만들어 준다 사랑이 있기 때문에

인간은 사람이기에 사랑을 먹는다.
친구의 사랑도 먹고 살고
나보다 윗사람의 사랑을 먹고 살고
날 낳아준 부모님이 주는 사랑을 먹고 살고
사랑하는 여인이 주는 사랑을 먹고 살아가네.

인간은 사랑받는 것으로 인하여
10년이라는 세월을 무사히 살아간다.
그것이 원동력이요 인간의 승리라 하는구려.

당신을 영원히

10년 전에 만났던 그 여인
지금은 10년이 다 되어가는데
가끔은 옛 첫사랑이 궁금하다.

그때는 고운 여자였기에
10년 전에 나와 같이 근무하고
나랑 서로 사랑하였던 그 시절
그 여자가 이젠 생각이 납니다.

요즘은 어떻게 지내는지
길거리에서 우연히라도
만나게 된다면 안부나 묻고
친구처럼 동생처럼 지내고 싶더라.

힘든 날에는 그 첫사랑 만나면서
술 한잔하면서 옛 과거 이야기

당신을 영원히 좋아하고
그리워할 줄 알았는데

10년이 지난 오늘은
각자의 남편이 되고
각자의 아내가 되었으니
10년이 된 오늘부터는 이웃으로

인간은 하루를 보낼 때
내가 힘이 들어도
다시 용기가 나는 이유는
내가 사랑했던 그 옛 여인 때문이다.

당신을 영원히 이젠
나의 가슴 속에 남깁니다.
다만 후회는 하지 않습니다.

지금 당신을 생각하면
왠지 더 젊어지는 느낌이요
그때 그 기억 덕분에 행복합니다.
당신은 영원히 그렇구려.

내가 본 당신

사무실 들어설 때면
당신 웃음소리 들려
내 마음이 가볍게 들어간다.

속으로는 오늘도 무난히
하루가 지나갈 것 같은 느낌

내가 본 당신은
인재다운 사람이니까
언젠가는 인정받을 사람

다른 부서 같은 공직자
나에겐 가끔 물어보는 말
내가 일하는 부서에서 누군가가
누가 일을 잘하냐고 물어본다면
난 오로지 당신이라고 말하니

모르는 눈치로 또 물어본다.
내가 본 당신은 들어온 지
얼마 안 된 신입이기에

내가 본 당신을 체면을 채워 주고
오늘도 당신 자랑하러 다른 부서로 간다.

그 사람이 밝힌 소원이 조강지처인데
내가 보기에는 조강지처는 넘고도
남을 사람이다.

10년 후 내가 본 당신은
또 어떤 모습으로 변해 있을까.

지금 내가 본 당신은
영원히 기억에 남을 것 같구려.

기도

매일 눈 뜨면
항상 그 사람 위해
오늘 하루 무사히 보낼 수 있게
오늘도 기도하고 출근길에 나선다.

한 주 동안 내 맘속은 항상
그 사람만 보이고 그 사람을 위해
남들에게 인정받는 사람으로
희망과 사랑 전파하는 사람으로
그런 마음으로 직장 안에서 일하면서

속으로는 주문을 외우듯이
그 사람을 도와달라고 기도한다.

항상 평안함과 즐거움을 주라고
매일 출장 다니는 당신에게 체력을 달라고
좌절하고 싶을 때 포기하고 싶을 때
항상 초심을 잃지 않는 사람이 되게 해달라고

나는 항상 그런 기도로 살아간다.
퇴근 후에 잠들기 전까지도 그 기도 계속…

당신은 지금 어린 나이에
어렵게 들어온 공직자의 길
맘고생 없이 무난히 10년 동안 생활

주일에는 내가 믿는 신앙심에
매달려 그 사람 위해 가끔 울며
남들에게 인정받는 공직자 되게 해달라고
지혜를 풍부하게 달라고 악덕 민원이 올지라도
잘 달래주고 인내심으로 이겨내게끔 도와달라고
항상 그런 마음으로 지금도 기도한다.

뭘 해도 당신 생각 밖에
주말이 오면 난 월요일이 기다려진다.

그 사람을 지켜달라고 기도하고
지금도 항상 당신 위해 기도하는구려.

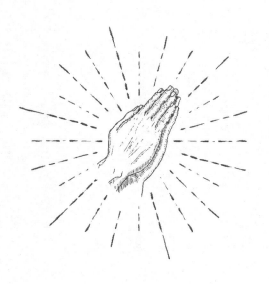

새로운 시작

20대에 나이 들어서
내가 가야 할 길을 선택하고
나의 싸움이 시작된다.

시험은 시험대로 보며
눈물 삼키며 다시 도전하고
공부는 공부대로 하며
경쟁률 뚫어보겠다고
나의 시간을 반납한 채

몇 년 만에 지날 수 있는 공직자 문턱
몇 개월 만에 지날 수 있는 공직자 문턱

어렵게 들어온 공직자 길로
꿈에 그리던 공직자 되었으니

첫 부서로 출근하는 길
설렘 반 걱정 반 가진 채로

새로운 시작 알렸다
지금 난 새로운 나로
10년 향해 가고 20년을 향해 간다.

포기할 수 있어도 없었던 이유
좌절할 수 있어도 없었던 이유

말없이 묵묵히 지켜주는 내 가족
아무것도 없는 나를 사랑하는 당신
이젠 공직 생활하며 보답하기 위해

선배님 말에 귀를 쫑긋하며
남보다 더욱 일하며
신규 교육 때도 남보다 집중력을
내 미래의 모습을 생각해본다.

10년 후의 내 모습이 보고 싶다.
과연 어떤 모습으로 어디까지 갈지
남들에게 인정받은 공직자로서의 내 모습

10년 후가 기대된다.
하나의 내 모습이…

당신 같은 사람을

이젠 나도 나이 들어서
내 짝을 찾는 시기 왔는데

어떤 사람이 좋을까
하루하루 보낼 때마다
그런 생각 하며 오늘도 살아간다.

10년 뒤라도 내 배필 될 사람을
10년 전이라도 내 배필 될 사람을
언젠가는 생기겠지 그런 생각 하며
나의 갈 길인 취업 길로 뛰어들어

노력하고 구슬땀 흘리며
한 해 중 반나절을 보냈다.

기간을 정해놓고 다니는 이 직장
같은 동료로서 당신을 보는 순간

한때는 외동인 나에게
동생 생긴 기분으로 당신 위해
이것저것 도와주고 싶은 생각이…

한때는 모태 솔로인 나에게
왠지 애인 생긴 것처럼
말없이 당신께 기대고 싶은 마음

언제나 누군가의 부탁으로
다른 일을 해줄 때도
오로지 당신 생각이 나고

주말에는 나의 믿음 가지고
성전에 가도 오로지 당신 생각에
내일 월요일은 언제 올까 그런 생각만

당신은 나 말고
뭐든지 잘할 사람이니

진심은 나는 당신 같은 사람
나타나길 바라며 항상 기도하는구려.

당선작 수록

사랑이 뭐길래

1집 사랑이 뭐길래 시집
출간 10주년 기념작

사랑이 뭐지?
도대체 뭐길래
우리를 이렇게
힘들게 하는가

한 번 사랑하면
끝까지 가지 않고
조금 가다가 벌써 끝이 나는구나.

그들은
사랑을 어렵게 사랑하고
끝날 때는 쉽게 하나니

사랑이 도대체 뭐길래
오락가락하는 것이냐.

사랑아 제발
부탁이니
오락가락하지 말아다오.

그리운 나의 부모님

1집 사랑이 뭐길래 시집
출간 10주년 기념작

지금 20년이 지났습니다.
내 나이 어느덧 50대
우리 어머니가 그립습니다.

내 아들 다 키우고
내 딸 다 키워서
독립시키고 내 아내와
단둘만 한집에 남았습니다.

우리 어머니께서는
얼마나 서러움이 있었는지
자녀 없이 우리 어머니만 지냈던 기억이 납니다.

우리 어머니 살던 인생길을
저도 똑같이 가고 있습니다.

우리 아들 장가가는 날
우리 딸 드레스 입고 시집가는 날

의자에 앉으면서
날 보고
웃으시며 축하해 주신 어머니

너무나 그립습니다.
우리 어머니 보고 싶습니다.

우리 아들딸 키우니까
부모 마음을 이제 아는
불효자 아들이 그리워하는 부모님입니다.